Eine Socke
zu wenig

Nicht erst seit Hape Kerkeling auf dem Jakobsweg „dann mal weg" war, hat das Pilgern Konjunktur. Eine Jahrhunderte alte Tradition scheint heute die Defizite einer immer schneller werdenden Welt in geeigneter Weise auszugleichen.

So hat sich auch B. mit seinem Freund Hans auf den Weg gemacht. Nach einigen Probe-Wanderungen auf dem Jakobsweg in heimatlichen Gefilden, brechen sie immer wieder zu größeren Etappen zwischen den Pyrenäen und Santiago de Compostela auf. In den Mittelpunkt geraten dabei die ganz grundlegenden Erfordernisse und Gegebenheiten einer langen und über Tage andauernden Wanderung. Aber auch über die spirituellen Besonderheiten des Pilgerns auf dem Jakobsweg erfahren die Leserinnen und Leser mehr. Nicht zuletzt die manchmal unbeachteten Begegnungen und Erlebnisse am Wegesrand, aber auch die Freundschaft von B. und seinem Wanderfreund, werden so zu kleinen positiven Lebenserfahrungen, die die Lektüre inspirierend machen.

„Eine Socke zu wenig" ist für alle, die gerne wandern oder pilgern, auf keinen Fall ein Buch zu viel im Rucksack. Markus Ebinger

(aus: „unterwegs" 17/2019)

Für jedes Lesealter von 9 bis 99.

Bruno Busch

Eine Socke zu wenig

Geschichten von B. auf dem Jakobsweg

Lektorat: Monika Kreß
Fachlektorat: Ludwig Wolf
Umschlaggestaltung: Jörg Halsema

Copyright © 2019 Ingo Stauch
Wettersteinstraße 51 · 90471 Nürnberg
ingo.stauch@gmx.de
Alle Rechte vorbehalten

ISBN 978-3-00-062423-0

Für Ludwig, Rainer, Martin
und alle Mitpilgernden

Finisterre

Santiago de Compostela

Barbadelo

Ponferrada

Astorga

León

Carrión de los Condes

Burgos

Santo Domingo de la Calzada

Logroño

Los Arcos

Pamplona

Roncesvalles

Saint-Jean-Pied-de-Port

Inhalt

Bruno Busch

Wie alles anfing – Oder: Noch 2750 Kilometer bis Santiago de Compostela

Kannst du dir vorstellen, mit mir auf den spanischen Jakobsweg zu gehen?" Zehn Jahre waren seit Hape Kerkelings Reise nach Santiago de Compostela vergangen, fünf Jahre seit dem Erscheinen seines Bestsellers „Ich bin dann mal weg".

Trotzdem war B., gerade 58 geworden, auf die eher beiläufig gestellte Frage seines Arbeitskollegen Hans, 49, nicht wirklich unvorbereitet: B. besaß einen Bildband, dessen Autor lange vor Hape zu Fuß ans Ende der alten Welt gepilgert war und in B. den Wunsch geweckt hatte, auch einmal diesen Weg zu gehen.

Also lautete B.s spontane Antwort: „Mensch, das machen wir!" Obwohl das Jahr gerade erst angefangen hatte, war der größte Teil des Urlaubs bereits verplant und sechs Wochen am Stück würden B. und Hans sowieso nie gleichzeitig ihrem Büro fernbleiben dürfen. Aber wer hatte denn gesagt, dass sie den kompletten Weg auf einmal schaffen mussten? Aufgeregt blätterte B. in seinem Terminkalender: „Im September fährt meine Frau für eine Woche mit ihrer Freundin zu einer Freizeit. Dann bin ich Strohwitwer. Wir brauchen nur fünf Urlaubstage und haben acht Tage, um erstmal zu testen, ob wir für das Pilgern in Spanien überhaupt geeignet sind." Damit war die Terminfrage geklärt und die Planung konnte beginnen.

Hans und B. kauften Pilgerbücher, in denen der Jakobsweg von den Pyrenäen bis Santiago de Compostela beschrieben war. Für die Woche im September buchten sie Flugtickets nach Biarritz im Südwesten Frankreichs und zurück. Schließlich besorgten sie übers Internet Pilgerpässe und stellten die erforderliche Ausrüstung zusammen. Dazu gehörten auch Jakobsmuscheln, die sie an ihren Rucksäcken befestigten und die sie als Jakobspilger erkennbar machten.

Die verbleibenden Monate nutzten B. und Hans für das Training auf dem Jakobsweg in Deutschland und später auch in der Schweiz. Mit jeweils 13 Kilo Gepäck auf dem Rücken brachen sie zunächst tage-, dann wochenendweise auf und marschierten durchschnittlich 25 Kilometer am Tag. Um weiterzugehen, wo sie das letzte Mal aufgehört hatten, reisten sie jeweils mit öffentlichen Verkehrsmitteln dorthin. Auf dieselbe Weise kehrten sie am Ende jeder Etappe wieder zurück.

Regelmäßig wurden die Pilger während ihrer Trainings-Touren auf die Jakobsmuscheln angesprochen. Schon bei ihrem Start an der Jakobskirche in Nürnberg raunte ihnen ein Vorübergehender zu: „Noch 2750 Kilometer bis Santiago de Compostela!" B. erwiderte fröhlich: „Und genau da gehen wir hin!"

Yong-Tse – Oder: Tränen am Weinbrunnen

A m Bahnhof von Saint-Jean-Pied-de-Port, einem kleinen Grenzort am Fuß der Pyrenäen, regnete es in Strömen. B. und sein Pilgerbruder Hans wunderten sich. Von den Pilgerscharen, die angeblich jeden Tag hier ankamen, sahen sie keine Spur! Außer ihnen stand auf dem nicht überdachten Bahnsteig lediglich noch ein kleiner Mann mit asiatischen Gesichtszügen unter einem hellblauen Regencape und schaute sich hilflos um.

Zusammen mit ihren Pilgerpässen hatten B. und Hans eine Wegbeschreibung zugeschickt bekommen. Mit der dazu gehörenden Skizze machten sie sich auf zum Pilgerbüro. Nach wenigen Schritten bemerkten sie, dass der Asiate hinter ihnen her trottete. Anfangs taten sie, als ginge er sie nichts an. Doch dann wandten sie sich zu ihm um.

Die Verständigung war zwar nur in holprigem Englisch möglich, aber ja, auch Yong-Tse – als der er sich vorstellte – wollte nach Santiago de Compostela. Und ja, auch er suchte das internationale Pilgerbüro. Nur hatte er keine Ahnung, wie er dorthin gelangen sollte.

B. und Hans nahmen Yong-Tse kurz entschlossen in ihre Mitte und erfuhren weiter, dass der junge Mann ein Student aus Südkorea war. Die katholische Kirche, die in Südkorea eine starke Kraft darstellte, forderte Menschen wie ihn in regelrechten Kampagnen dazu auf, ihre Jugend zu nutzen und als Pilger den spanischen Jakobsweg zu gehen.

Über ein gepflastertes, steil ansteigendes Sträßchen in der Altstadt, die 1988 von der Unesco zum Weltkulturerbe erklärt worden war, erreichten die drei in einem gepflegten Altbau das gemeinsame Ziel. Freundliche Helferinnen und Helfer – aus allen Kontinenten und alle ehrenamtlich tätig – nahmen sich ihrer an. Eine ältere Frau begrüßte Yong-Tse in seiner Muttersprache. B. und Hans wurden in einen anderen Teil des Büros geführt und erhielten ihre Einweisung auf Deutsch. Erst als die beiden eine halbe Stunde später ein paar Häuser weiter die Pilgerherberge betraten, trafen sie Yong-Tse wieder.

Im Laufe des Abends füllte sich die Herberge noch mit vielen, die am nächsten Morgen zu ihrem „Camino" – das ist das spanische Wort für Weg – aufbrechen wollten. Yong-Tse fand darunter andere junge Südkoreaner und Südkoreanerinnen, denen er sich anschloss.

Doch wann auch immer Hans und B. in den folgenden Tagen in ihrem Nachtquartier ankamen, wartete Yong-Tse schon auf sie und erklärte ihnen auf Englisch oder durch Gesten, bei wem sie sich einschreiben mussten, wo die Schlafräume lagen oder worauf sie beim Benutzen der sanitären Einrichtungen achten sollten. Zwischen Estella und Los Arcos ver-

abschiedeten sich die drei voneinander. Die beiden Deutschen hatten nach der ersten Woche auf ihrem „Camino" die Rückfahrt mit dem Bus nach Biarritz und den Heimflug vor sich, während der Südkoreaner mit seiner Clique weiterpilgern wollte.

Im ehemaligen Klosterweingut Bodegas Irache flossen Wasser und Wein aus den dort installierten Hähnen. Doch an diesem Tag vergossen B., Hans und Yong-Tse am Weinbrunnen auch einige Tränen – Tränen der Freude über das gemeinsam Erlebte und Tränen der Wehmut, weil sich ihre Wege nun endgültig trennten.

Aber wie sagt doch ein Sprichwort? „Kein Abschied ist für immer – man begegnet sich immer ein zweites Mal …"

Bruno Busch

Ruth – Oder: Ein Hoch auf die deutsche Sprache

Zum ersten Mal begegneten B. und sein Pilgerbruder Hans ihr in Roncesvalles auf der spanischen Seite der Pyrenäen. Für alle drei war es der erste Tag auf dem „Camino Francés", dem von Frankreich kommenden Jakobsweg im Norden Spaniens.

Der Start am Morgen in Saint-Jean-Pied-de-Port war alles andere als bilderbuchmäßig: Es hatte seit Tagen und die ganze Nacht hindurch geregnet. Die Wanderwege waren aufgeweicht und glitschig. Die „Route Napoléon", die bei gutem Wetter ein einzigartig schönes Erlebnis sein sollte, war gesperrt. Die Ausweichstrecke verlief überwiegend an asphaltierten Straßen entlang und nur wenige Kilometer auf Waldwegen. Trotzdem waren mehr als 1000 Höhenmeter bergauf und fast 300 Höhenmeter bergab zu bewältigen. Hans und B. schwitzten unter ihren Regen-Ponchos. Den Weg wiesen ihnen zweisprachige Straßenschilder auf Spanisch und Baskisch.

Über einen Pass mit Aussicht auf schroffe Bergspitzen, die aus tiefhängenden Wolken ragten, gelangten die Pilger an ihr Tagesziel: die Augustinerabtei Roncesvalles, baskisch Orreaga. Die Klosterherberge war supermodern eingerichtet. Sie verfügte über 180 Betten. Hans und B. bekamen ein Doppelstockbett in einer holzvertäfelten Koje.

Nach dem Duschen gingen die beiden in die Küche. Jeder kaufte ein Fertiggericht als Abendessen. Am Esstisch saß ihnen gegenüber eine kleine Frau, deutlich über 60.

„Ich heiße Ruth. Ruth wie im Deutschen. Im Englischen ist die nur Aussprache etwas anders", stellte sie sich vor. „Ich komme zwar aus Australien. Aber ich habe in Düsseldorf stu-

21

diert. Und mindestens einmal im Jahr fliege ich nach München, weil dort meine Tochter lebt."

Nachdem sie sich vergewissert hatte, dass keine weiteren deutschsprachigen Pilger in der Nähe saßen, vertraute sie Hans und B. an: „Als ich in Düsseldorf studierte, habe ich nicht nur deutsch gesprochen. Ich habe auch deutsch gedacht. Und ich habe sogar deutsch geträumt." „Und wie war das für dich?", fragte B. nach. Ruth verdrehte die Augen und hob abwehrend beide Hände. Dann beugte sie sich vor und flüsterte: „Es war schrecklich!"

Ohne es abgesprochen zu haben, trafen B., Hans und Ruth einander am Abend darauf zum zweiten Mal – in der Sportheimgaststätte von Zubiri, dem nächsten Tagesziel. Eifrig tauschten sie bei einem Glas Wein ihre Pilgererfahrungen aus – natürlich auf Deutsch. Und am Ende stieß Ruth laut lachend mit Hans und B. auf die grammatikalisch schwierige, aber trotzdem völkerverbindende deutsche Sprache an.

Pamplona – Oder: Fremde werden Freunde

Ihre Pilgerpässe hatten sich B. und sein Pilgerbruder Hans zwar nicht von den Paderborner Jakobsfreunden ausstellen lassen. Aber aus dem Pilgerführer wussten sie: In Pamplona (baskisch: Iruña oder Iruñea), der Hauptstadt der autonomen Region Navarra, betrieb der „Freundeskreis der Jakobuspilger Paderborn Hermandad Santiago e. V." im Rahmen einer Städtepartnerschaft eine eigene Pilgerherberge mit 26 Betten.

Als die beiden Pilgerbrüder an ihrem dritten Tag auf dem spanischen Jakobsweg Pamplona erreichten, steuerten sie deshalb selbstverständlich die „Albergue Casa Paderborn" an. Nach der steinernen Magdalenenbrücke, über die seit Jahrhunderten Pilger die Stadt betreten, bogen Hans und B. nach links ab und trafen etwa 300 Meter weiter auf Ewa und Gerd, zwei ehrenamtliche Mitglieder der Paderborner Jakobusgesellschaft. Gerd beseitigte gerade die letzten Spuren des jüngsten Hochwassers des Flusses Arga, an dessen Ufer die Herberge stand.

Ewa bat Hans und B. freundlich ins holzgetäfelte Büro und schenkte jedem erst einmal ein Glas frisch gepressten Orangensaft ein. Die Formalitäten waren bald erledigt und Ewa zeigte den beiden die ordentlich hergerichteten Schlaf- und Sanitärräume. B. und Hans waren – und blieben – an diesem Tag die einzigen Gäste.

Dank einer imposanten öffentlichen Aufzugsanlage gelangten die Pilger in wenigen Minuten vom Tal in die höher gelegene Altstadt. Das Restaurant, in dem sie ihren Nachmittagskaffee genossen, hing voller Schwarzweiß-Fotos mit Aufnahmen von den alljährlichen Stierläufen.

„Gibt es in Pamplona nicht auch eine Stier-kampf-Arena?", fragte B. seinen Pilgerbruder. „Dreh dich mal um", erwiderte Hans. B. tat es und erkannte beim Blick durch ein Fenster direkt gegenüber die Arena-Tore, die aller-dings geschlossen waren.

Hans und B. waren froh, nicht im Juli während der „Sanfermines", dem Fest zu Ehren des heiligen Firmin, in Pamplona zu sein. Auf die atemberaubende, aber nicht nur für die Stiere lebensgefährliche Hatz verzichteten sie gerne. Stattdessen bummelten sie in aller Ruhe durch die engen Gassen und bewunder-ten die Kathedrale und andere prächtige Bauten aus vergangenen Jahrhunderten. Transparente an Hauswänden zeugten vom Drang der überwiegend baskischen Bevöl-kerung nach Unabhängigkeit.

Einer erholsamen Nacht folgte ein typisch deutsches Frühstück mit den beiden sympathi-schen Herbergseltern. Ergreifend in mehrerer Hinsicht war der Abschied voneinander: Ewa und Gerd fassten Hans und B. an den Händen, bildeten mit ihnen einen Kreis und sprachen ein Gebet und einen Segen. Anschließend umarmten sich alle vier und wünschten einander einen „Buen Camino!" – einen guten Weg.

Über Nacht waren aus Fremden Freunde geworden.

Pedro – Oder: Fotos für Rio

Die Begeisterung für das Fotografieren teilten B. und sein Freund Hans ebenso wie die Freude am Pilgern. Auf dem spanischen Jakobsweg hatten sie ihre Kameras stets griffbereit dabei. Während Hans von seiner Systemkamera überzeugt war, nutzte B. ein kleineres Modell, das in die eigens dafür vorgesehene Halterung am Bauchgurt seines Rucksackes oder einfach in die Hosentasche passte.

Fotomotive gab es genug: herrliche Sonnenauf- und -untergänge, berühmte Baudenkmäler, Jakobswegzeichen und Skulpturen des Pilgerpatrons in allen Variationen. Sogar die eigenen Schatten mit den Umrissen der Rucksäcke, die sich dunkel von dem hellen

Hintergrund abhoben, lieferten interessante Motive.

B. liebte es, die unterschiedlichen Blümchen am Wegrand abzulichten, mit der Fotolinse Schmetterlinge einzufangen, die an Blütenkelchen saugten, oder Schneckenhäuser auf die Speicherkarte zu bannen, die im Gestrüpp zwischen taufeuchten Spinnennetzen – wie Perlen aufgereiht – an Stängeln klebten.

Hans gewöhnte sich daran, während solcher Fotoserien vorauszulaufen und irgendwo an der Strecke, auf seine Wanderstöcke gestützt, zu warten, bis B. nachgekommen war.

Pedro erreichte die Pilgerbrüder während des Anstiegs zum Alto del Perdón, dessen Gipfel ein eigenwilliges Standbild einer Pilgerkarawane zierte. Der Pfad hinauf war eigentlich nur für Fußpilger geeignet; für Fahrradfahrer war eine Umfahrung ausgeschildert. Trotzdem quälte Pedro sich keuchend mit dem Fahrrad durch Matsch und Geröll, musste allerdings immer wieder absteigen und schieben.

Eine Socke zu wenig

Als er nahe genug herangekommen war, entdeckte B. die umfangreiche Fotoausrüstung, die an Pedros Fahrrad hing. B., Pedro und Hans kamen ins Gespräch miteinander und Pedro erklärte in Englisch, dass er Profi-Fotograf war und in seinem Heimatland eine Bilderausstellung über den Jakobsweg plante. Dafür nahm er diesen beschwerlichen Anstieg in Kauf.

Und dann bat Pedro Hans und B., ihm vor der malerischen Kulisse für Fotos von echten Pilgern auf dem Weg nach Santiago de Compostela Modell zu stehen. Die Bilder würden im nächsten Jahr als Teil seiner Ausstellung in der brasilianischen Hauptstadt Rio de Janeiro zu sehen sein.

B. und Hans hatten als passionierte Amateur-Fotografen Verständnis für das Anliegen und obendrein viel Spaß beim Posieren.

Statt eines Honorars fotografierte Pedro die beiden zum krönenden Abschluss mit ihren eigenen Kameras. So brauchten sie nicht ein

Jahr zu warten und zu der Ausstellung nach Brasilien zu reisen, um die Aufnahmen des Profis zu sehen, sondern sie konnten ein Ergebnis dieses Fotoshootings für Rio sofort mitnehmen.

Bruno Busch

Axel und die Österreicher –
Oder: Eine Frage der Zeit

W ie lange dauert es, den Jakobsweg zu gehen?" Wenn B. nach der Rückkehr von einer Etappe auf dem spanischen Jakobsweg von Freunden diese Frage hörte – und er bekam sie oft gestellt –, zuckte er mit den Schultern und antwortete ausweichend: „Das kommt darauf an. Wer die Schönheiten des Weges genießen und ihn spirituell auf sich wirken lassen möchte, braucht länger als jemand, der ihn vor allem als sportliche Herausforderung betrachtet."

In der Herberge „Casa de Austria" in Los Arcos beendeten B. und sein Pilgerbruder Hans ihre erste „Camino"-Etappe in Spanien. Sie nahmen sich vor, ein Jahr später von dort aus

32

weiterzugehen. Die Herbergseltern – Österreicher – rieten den beiden, am Tag der Anreise anzurufen, um sich ihre Betten zu sichern.

Als es im Jahr darauf soweit war und B. in Los Arcos anrief, meldete sich am anderen Ende ein Spanier, der kein Deutsch verstand. Die Österreicher, nach denen B. verlangte, waren nicht da. Und weil B.s Spanischkenntnisse für eine Bettenreservierung nicht ausreichten, beendete er das Telefonat unverrichteter Dinge.

In der „Casa de Austria" bedeutete der spanische Betreuer – „Hospitalero" genannt – den beiden Pilgern aus Deutschland freundlich, aber bestimmt, dass alle Betten der Herberge belegt waren. Er konnte nur ein Matratzenlager auf dem Dachboden anbieten. B. und Hans nahmen an. Was wäre ihnen auch sonst übriggeblieben?

Das Matratzenlager teilten sie sich mit einem weiteren Deutschen. Axel war 28 und schon seit 85 Tagen zu Fuß unterwegs. „Ich wohne in Köln und bin von dort losgegangen", erzählte er den staunenden Mitpilgern. „Meinen Job habe ich gekündigt. Ich hatte Sehnsucht, auszusteigen und etwas völlig anderes zu tun."

Am nächsten Morgen blieb Axel zurück. B. und Hans brachen zusammen mit drei Österreichern auf. Die jungen Männer hatten es eilig. „Wir müssen innerhalb von vier Wochen nach Santiago, denn dann startet von dort unser Flieger", berichteten sie. Die drei hatten zusammen studiert und den Militärdienst absolviert. Gemeinsam nahmen sie sich einen Monat Auszeit, um danach ins Berufsleben einzusteigen.

Hans und B. sahen weder Axel noch die Österreicher jemals wieder. Der eine gönnte sich weiterhin Muße auf dem Weg, die anderen jagten in Tagesetappen von 40 und mehr Kilometern ihrem Ziel entgegen.

„Da hast du den Beweis", philosophierte B. vor seinem Pilgerbruder: „Alles ist eine Frage der Zeit." Hans ergänzte nüchtern: „Und des Geldes. Denn nur wer Vermögen besitzt und keine Familie zu ernähren hat, kann seinen Job hinschmeißen und einfach lospilgern."

„Aber schau uns an", spann B. den Faden weiter, „wir können nicht aus allem aussteigen und wollen auf dem Jakobsweg auch nicht für den Marathonlauf trainieren. Stattdessen pilgern wir immer dann, wenn wir es mit Familie und Beruf in Einklang bringen. Es ist also doch eine Frage der Zeit – und wie wir sie uns einteilen."

Bruno Busch

Der Priester von Logroño – Oder: Imposible!

Ein Merkmal, nach dem B. eine Herberge am spanischen Jakobsweg auszuwählen pflegte, war ein vorhandener Internetanschluss. Damit konnte er Grüße an die Daheimgebliebenen senden und aktuelle Fotos von seinem „Camino" in die sozialen Netzwerke stellen.

Einen Internetanschluss hatten vor allem die privaten, aber auch kommunale Pilgerherbergen. In Logroño, der Hauptstadt der autonomen Region La Rioja, verfügte nur die städtische Herberge über eine solche technische Errungenschaft. Deshalb hatte B. sich schon beim Aufbruch am Morgen auf diese Unterkunft für die nächste Nacht festgelegt.

Eine Socke zu wenig

29 Kilometer strammer Fußmarsch hatten B. und sein Pilgerbruder Hans hinter sich, als sie in Logroño eintrafen. Doch dort erlebten sie eine böse Überraschung: An der Tür zur städtischen Herberge prangte ein Schild mit der Aufschrift „Completo full". Die Herberge war schon komplett belegt.

Wie sich herausstellte, war Logroño genau an diesem Tag Schauplatz eines großen Volksfestes und deshalb Anziehungspunkt für auswärtige Besucher, von denen viele in der städtischen Herberge übernachteten.

Hans und B. blieb nichts anderes übrig, als ihr Glück in der kirchlichen Herberge zu versuchen. Sie gehörte zur „Iglesia de Santiago", befand sich direkt neben der Kirche und war im Pilgerführer als einfaches Matratzenlager beschrieben.

Trotz ihrer Bedenken atmeten beide auf, als ihnen ein älterer Herr in schwarzem Anzug die Pforte öffnete und sie freundlich hereinbat. Einen Internetanschluss gab es dort zwar nicht, jedoch einen geräumigen Schlafsaal, der einen sauberen Eindruck machte und mit zahlreichen Doppelstock-Betten ausgestattet war.

Hans und B., als die ersten Gäste, durften ihre Liegestätten frei auswählen. Jeder reservierte sich ein Bett, indem er seinen Schlafsack darauf ausbreitete. Der Anzugträger zeigte ihnen noch die Duschräume und die Toiletten und zog sich dann taktvoll zurück.

Als die beiden vom Duschen in den Schlafraum zurückkehrten, herrschte dort ein munteres Treiben. Zahlreiche weitere Pilger hatten sich – wohl aus demselben Grund wie Hans und B. – in der konfessionellen Herberge eingefunden.

Groß war das allgemeine Erstaunen, als eine Gruppe Spanier hereinkam und die gesamte anwesende Pilgerschar zum Abendessen einlud. Dazu muss man wissen, dass die Pilgerherbergen in Spanien, zumal in den größeren Städten, keinerlei Mahlzeiten ausgeben, weder Frühstück noch Abendbrot.

Auf die Pilger warteten im ersten Stock des Gebäudes lange bestuhlte Tischreihen, fertig gedeckt mit Trinkgläsern, Tellern und Besteck. Aus bereitstehenden Glaskaraffen konnten sich die Durstigen Wasser einschenken. Hinter einer Theke schnitten fleißige Hände Einheimischer Stangenweißbrot in Stücke oder bereiteten Salate zu.

Vielsprachiges Stimmengewirr erfüllte den Raum. Bei dieser Gelegenheit erfuhr B. von einer Sitznachbarin, dass sie gerade noch einen Platz im Matratzenlager oben unterm Dach ergattert hatte.

Der Lärm ebbte ab, als der Priester den Raum betrat. Wie der Verwalter der Herberge, trug auch er einen schwarzen Anzug. An seinem weißen, ringförmigen Stehkragen war er aber sofort als Geistlicher zu erkennen. Seine Gemeindemitglieder brachten ihm unübersehbar Ehrerbietung entgegen. Nicht zu übersehen war allerdings auch sein gewaltiger Leibesumfang. Auf dem Weg zur Essensausgabe bedeutete er den Gästen, mit ihren Stühlen und Tischen näher an die beiden Längswände zu rücken. So verschaffte er sich Platz im Mittelgang. Und dort verteilte er höchstpersönlich die Körbe mit dem Brot und die Schüsseln mit den Salaten.

Zum Höhepunkt seines Auftritts schritt der Priester die Reihen mit der Rotweinflasche ab und schenkte allen, die ihm zunickten, köstlichen Rioja in ihre Gläser ein.

Auch B. nahm das Angebot an. Allerdings war er es gewohnt, Wein als Schorle zu genießen. Entsprechend bat er den Priester, sein halb mit Wasser gefülltes Glas mit Rotwein aufzufüllen. Als der Priester verstand, was B. von ihm erwartete, zog sich seine Stirn in grimmige Falten.

Der Geistliche schüttelte heftig den Kopf und rief mit lauter Stimme: „Imposible!" – das spanische Wort für: Unmöglich! Er ergriff B.s Glas, ging damit ans offene Fenster, beugte sich hinaus und kippte das Wasser auf den Gehsteig. Verschmitzt lächelnd füllte er das leere Glas mit Wein und reichte dem verdatterten B. den unverwässerten Trank mit zufriedener Miene.

So gewann die Redensart, wonach jemand einem anderen reinen Wein einschenkt, durch den Priester von Logroño für B. eine völlig neue Bedeutung.

Bruno Busch

Sonja – Oder: Gruß aus Kapstadt

Sonja (russische Koseform von Sophia) ist ein beliebter weiblicher Vorname und bedeutet Wissen, Weisheit. B. und sein Pilgerbruder Hans begegneten „ihrer" Sonja auf dem spanischen Jakobsweg beim zweiten Frühstück vor einer Bar.

Einer der Klappstühle an dem niedrigen Bistrotisch war unbesetzt. „Ist der noch frei?", fragte die Frau in akzentfreiem Deutsch. An ihrer Ausrüstung war sie eindeutig als Jakobspilgerin zu erkennen. Sie hatte sonnengebleichtes blondes Haar, vom Wetter gegerbte Haut, war zwischen 50 und 60 Jahre alt und machte den Eindruck eines Menschen, der weiß, was er will.

Sonja nahm Platz und es begann das übliche Fragespiel, wenn Pilger zum ersten Mal aufeinandertreffen: „Wie heißt du? Seit wann bist du unterwegs? Pilgerst du allein oder mit anderen? Wo kommst du her?"

B. und sein Pilgerbruder waren etwas irritiert, als Sonja erklärte, sie sei aus Südafrika. „Und wie kommt es, dass du so perfekt deutsch sprichst?", wollte B. wissen. „Ich war zehn Jahre lang mit einem Deutschen verheiratet", verriet Sonja. „Und wo genau in Südafrika wohnst du?", fragte B. weiter. „Ich lebe in Kapstadt", erwiderte Sonja, „das ist meine Heimatstadt. Dort bin ich geboren und aufgewachsen." Ausgiebig schwärmte sie von den Schönheiten der Landschaft an der Südwestküste Südafrikas, namentlich auf der Kap-Halbinsel.

„Kapstadt – dorthin würde ich gern einmal reisen", nahm B. Sonjas Begeisterung auf. Daraufhin wurde ihre Miene ernst. Sie schaute B. direkt ins Gesicht und erklärte theatralisch: „Sage nicht: Ich würde gern – tu es!"

43

Bruno Busch

B. reiste in der Folgezeit nicht nach Kapstadt. Aber Sonjas weiser Rat begleitete ihn auf seinem Weg durch Nordspanien und auch weiterhin, als er längst wieder zu Hause in Deutschland war. Immer, wenn er sich für etwas begeisterte, fiel ihm dieser Satz ein und oft beherzigte er ihn bewusst. Und wenn andere ihm von ihren Plänen, ihren Hoffnungen und Träumen berichteten, dann zitierte er gern Sonja aus Kapstadt: „Sage nicht: Ich würde gern – tu es!

Santo Domingo – Oder: Hühner am Jakobsweg

Santo Domingo de la Calzada zählt laut Pilgerführer zu den berühmtesten Stationen am spanischen Jakobsweg. Das geht auf eine Legende zurück. Sie erzählt von einem Ortsheiligen und einem Wunder:

Im 14. Jahrhundert unterbrachen in Santo Domingo ein deutscher Pilger und seine Eltern ihre Reise nach Santiago de Compostela. Die Wirtstochter verliebte sich in den jungen Mann. Dieser erwiderte die Gefühle aber nicht. Aus Rache klagte die Beleidigte ihn des Diebstahls an und er endete am Galgen. Auf dem Rückweg von Santiago fanden die trauernden Eltern ihren Sohn am Ortseingang – am Strick, aber lebend: Er saß auf den Schultern des Heiligen Domingo de Viloria. Das berichteten sie dem Richter, der gerade zu Tisch saß. Dieser entgegnete forsch: „Euer Sohn ist so tot wie die Brathühner auf meinem Teller." Doch während er das sagte, flog das Viehzeug mit lautem Gegacker vom Teller auf. Seither werden in der Kirche des Ortes weiße Hühner gehalten, die an das Hühnerwunder und den Heiligen erinnern.

In der Kathedrale überzeugte sich B. davon, dass der kirchliche Hühnerstall tatsächlich vorhanden war. Und draußen auf der Straße entdeckte er einen auf eine Holzplatte gemalten Pilger mit einem Huhn unterm Arm. Nur der Kopf des Pilgers war ausgespart. In die Holzplatte war an dieser Stelle ein Loch geschnitten. B. stellte sich hinter die Figur, hielt sein Gesicht in das Loch und ließ sich so für ein Erinnerungsfoto ablichten.

Auf ihrem weiteren Weg durch die autonome Region Castilla y León wurden B. und sein Pilgerbruder Hans immer wieder an das Hühnerwunder von Santo Domingo erinnert,

Eine Socke zu wenig

wenn sie am frühen Morgen in einem men-schenleeren Dorf, das nur aus Ruinen zu beste-hen schien, unerwartet einen Hahnenschrei hörten.

„Ist das jetzt Wirklichkeit oder nur Ein-bildung?", fragte Hans einmal. Nach kurzem Überlegen gab B. mit einem schelmischen Grinsen im Gesicht zur Antwort: „Das klingt in dieser Umgebung doch eher unnatür-lich. Da hat sich die spanische Tourismus-behörde sicher etwas Besonderes ausge-dacht: Jedes Mal, wenn ein Pilger an einem verlassenen Bauernhof vorübergeht, springt ein Bewegungsmelder an. Und dann ertönt ein Hahnenschrei vom Tonband."

Bacalao – Oder: Empfehlung auf Spanisch

W as werden wir heute zu Mittag essen?" Wenn B. seinem Pilgerbruder Hans auf dem spanischen Jakobsweg diese Frage stellte, wussten die beiden meistens noch nicht einmal, wo sie an diesem Tag einkehren würden.

Auf den Jakobswegen in Deutschland hatten die beiden gelernt, sich morgens mit genug Essen und Trinken einzudecken. Viele deutsche Wirte – zumindest auf dem Land – öffneten ihre Gasthöfe nur noch am Abend und am Wochenende. Oder sie hatten wegen mangelnder Rentabilität ganz geschlossen. So genannte „Tante-Emma-Läden", Metzgereien und Bäckereien gab es in vielen kleineren Ortschaften gar nicht mehr.

In Spanien war das anders. Zwar bemerkten Hans und B. auch dort Spuren der Landflucht vor allem der jungen Bevölkerung. Doch Bars und Restaurants an der ausgeschilderten Strecke waren auf den Strom der Jakobspilger eingestellt. Hungern musste niemand. Und wenn die Entfernung zwischen zwei Lokalen recht groß war, lagerten am Wegrand Obst- und Getränkeverkäufer mit Bauchläden und boten Erfrischungen an. Immer wieder trafen die Pilger auch auf Brunnen, an denen sie ihre Wasserflaschen auffüllen konnten.

Das mehrgängige „Pilgermenü" wartete fast überall, wo es auch Herbergen zum Übernachten gab. In aller Regel also erst am Abend. Einen für das Pilgermenü gedeckten Tisch erkannten B. und Hans an der Tischdecke. Egal, ob sie aus Stoff oder Papier bestand: Sie wurde entfernt, wenn den Gästen ein Teller-gericht oder eine Brotzeit genügte oder sie nur etwas trinken wollten.

Solange „pollo" – Hähnchen – und „lomo" – Lende – zur Auswahl standen – und das war meistens der Fall –, hatten Hans und B. kein Problem mit dem Bestellen. Schwieriger wurde es, wenn weder das eine noch das andere angeboten wurde oder beides ausgegangen war. B.s kleines Taschenwörterbuch nützte nicht immer. Manchmal ratterte der Wirt die Speisen so schnell herunter, dass zum Nachschlagen keine Zeit blieb. Oder die Aussprache der Wörter machte das Auffinden unmöglich. Dann halfen Einheimische gerne und dolmetschten.

Einmal erkundigten Hans und B. sich in einer Bar bei einer Gruppe junger spanischer Pilgerinnen, was sie als Essen empfehlen würden. „Bacalao, Bacalao!", riefen die Spanierinnen wie aus einem Mund. B. bestellte „Bacalao" – ohne zu wissen, worum es sich dabei handelte. Als Hans ebenfalls „Bacalao" bestellte, bedeutete der Wirt ihm durch bedauerndes Kopfschütteln, dass er an B. die letzte Portion verkauft hatte. Hans bestellte „pollo" – ihm schmeckte Hähnchen eh am besten. Und B. bekam „Bacalao" – Kabeljau, wie ihm sein Wörterbuch verriet. Der mundete ihm so köstlich, dass er fortan in Bars und Restaurants immer wieder danach fragte.

Den spanischen Fischfreundinnen begegneten Hans und B. an den folgenden Tagen noch öfter. Dann winkten ihnen die jungen Pilgerinnen fröhlich zu. Und jedes Mal riefen sie unter lautem Gelächter wie im Chor: „Bacalao, Bacalao!"

Espíritu Santo – Oder: Ein heiliger Moment

Was B. in der „Albergue Espíritu Santo" (grob übersetzt: Herberge zum Heiligen Geist) als erstes auffiel, war der „Patio", der kleine Innenhof: schmucklos, aber sauber gefegt, ruhig und abgeschieden. Bei der von Nonnen geführten Unterkunft handelte es sich um eine von drei kirchlichen Herbergen im Pilgerort Carrión de los Condes mitten in Kastilien.

Die zweite Abweichung von der Norm war der Schlafsaal: geräumig, aber ohne die üblichen Doppelstockbetten. Stattdessen warteten auf die müden Knochen der Pilger Einzelbetten mit tiefen, weichen Matratzen und blumig bedruckten Überwürfen.

Die dritte Überraschung: Freundlich, aber sehr bestimmt schickten die Nonnen alle ihre Gäste pünktlich zum Abendgottesdienst in die nahe Kirche.

Für B. gehörte die Pilgermesse bereits zum Alltag auf dem spanischen Jakobsweg. Er kannte auch die Sitte, dass die Pilger zum Abschluss nach vorne zum Altar gerufen wurden. Und wie immer fragte der Priester ihre Herkunft nach Kontinenten und Ländern ab.

Statt daraufhin aber mit erhobenen Händen den Segen über die versammelte Pilgerschar zu sprechen, wie B. es gewohnt war, ließ dieser Priester jede und jeden einzeln vortreten. Gefühle wallten auf, viele vergossen Tränen.

Als B. an der Reihe war, legte der Geistliche ihm beide Hände auf den Kopf. Er spendete den Pilgersegen auf Spanisch, jedoch so, dass B. den Sinn verstand und die Formel „Im Namen des Vaters, des Sohnes und des Heiligen Geistes" stumm in seiner Sprache mitbeten konnte.

B. empfand die persönliche Segnung als einen heiligen Moment. Noch lange lebhaft in Erinnerung blieb ihm die Geste, mit der der Priester ihn – wie alle anderen – nach dem „Amen" vom Altar entließ: Er schaute B. direkt an, lächelte und klopfte ihm dann aufmunternd auf die Schultern.

So, als wollte er ihm zusprechen: Und nun geh deinen Weg – Gottes Segen geht mit!

Bruno Busch

Verlaufen – Oder: Der Kompass im Smartphone

Der „Camino Francés", der von Frankreich herkommende Jakobsweg in Spanien, führt stets in Richtung Westen. Denn dort liegt das Ziel, Santiago de Compostela. Aber was tun, wenn – aus welchen Gründen auch immer – die Markierungen in der Gestalt von Jakobsmuscheln oder gelben Pfeilen fehlen und der Pilger sich verlaufen hat?

Fast überall trifft er auf hilfsbereite Einheimische, die ihm den Weg zeigen. Sie erkennen Menschen, die pilgern, sofort. Als B. und sein Pilgerbruder Hans einmal bewusst die ausgeschilderte Route verließen, um einem Hinweis aus dem Pilgerführer auf eine abgelegene Sehenswürdigkeit nachzugehen, hielt prompt ein

Auto am Straßenrand und der Fahrer wies ihnen die Richtung zurück auf den Pilgerweg.

Oder andere Pilger, die ebenfalls in die Irre gegangen sind, kommen dem, der sich verlaufen hat, entgegen und nehmen ihn auf dem Rückweg mit.

Besonders kluge Leute haben einen Kompass dabei, der ihnen hilft, sich im Zweifelsfall zu orientieren. Ein solches Gerät besitzen viele Zeitgenossen, seit es Smartphones gibt, im Handy. So auch B.s Pilgerbruder Hans.

Als B. und Hans auf ihrem „Camino" nicht mehr wussten, wo sie waren und in welche Richtung sie sich wenden sollten, zückte Hans sein Smartphone. Er rief den Kompass auf und zeigte mit dem Finger dahin, wo seiner Meinung nach Westen war.

B. schaute zweifelnd zum Himmel, blickte auf seine Armbanduhr und erklärte entschieden: „Das kann nicht sein. So wie die Sonne steht, müssen wir genau in die entgegengesetzte Richtung." Hans schüttelte entrüstet den Kopf: „Du willst mir doch nicht weismachen, dass mein Smartphone kaputt ist und du das am Stand der Sonne erkennst?"

„Ob dein Handy funktioniert oder einen Aussetzer hat, merke ich daran natürlich nicht", antwortete B., „aber ich sehe, dass dein Kompass nicht stimmt."

Stirnrunzelnd prüfte Hans die Anzeige auf seinem Smartphone. Dann tippte er mit dem Zeigefinger fest auf die kleine Glasscheibe.

Seine Miene hellte sich auf und er nickte B. zu: „Irgendetwas muss sich verhakt haben. Jetzt hat sich die Kompassnadel um 180 Grad gedreht. Also hast du mit deiner Sonne Recht und wir wissen endlich, in welche Richtung wir müssen. Allerdings sollten wir uns beeilen. Denn wenn die Sonne untergeht, bevor wir im Nachtquartier ankommen, hilft uns dein Blick zum Himmel auch nicht mehr weiter."

Sonnenaufgang – Oder: Der singende Berg

Punkt acht Uhr in der Früh schloss die Herberge. Das war für die Pilgerbrüder B. und Hans kein Problem. Sie waren es mittlerweile gewohnt, bei Dunkelheit aufzubrechen. Denn sie pilgerten auf dem spanischen Jakobsweg im Frühjahr oder im Herbst, und die Sonne ging erst auf, wenn die beiden längst unterwegs waren.

B.s Ehrgeiz war es, am Morgen einer der ersten im Waschraum zu sein. So brauchte er sich in keine Schlange einzureihen und fand meistens ein sauberes Waschbecken vor. In der Zwischenzeit passte Hans – falls er bereits wach war – auf die Wertsachen auf. Sobald B. von der Morgentoilette zurückkam, tappte

59

Hans in den Waschraum und B. blieb beim Gepäck. Diese Reihenfolge ließ ihm Zeit genug zum Ankleiden. Hans schaffte das viel schneller. Abmarschbereit waren dann beide etwa gleichzeitig.

Oft waren B. und Hans auch die ersten, die zum Frühstück in der nächsten Bar eintrafen. Mal bestellte B., mal übernahm Hans diese Aufgabe. In aller Regel gab es für jeden eine große Tasse Kaffee und ein duftendes Croissant mit Nuss- oder Schokoladenfüllung, in dem schon ein Messer zum Aufschneiden steckte.

Während Hans und B. die erste Mahlzeit des Tages genossen, beobachteten sie durch die Fenster der Bar, wie andere Pilger draußen vorüberzogen.

Frisch gestärkt schlossen die beiden sich dem Tross an, der aus der Stadt oder aus dem Dorf hinauszog – stets in Richtung Westen, denn dort lag ja das Ziel jedes Jakobsweges: Santiago de Compostela.

Eine Socke zu wenig

Mit Ungeduld erwartete B. Morgen für Morgen den Sonnenaufgang. Der spiegelte sich als schmaler, bronzefarbener Streifen am Horizont, bevor er die Gipfel der Berge, die Spitzen von Kirchtürmen oder die Oberkanten von Friedhofsmauern in zunächst mattes, dann immer stärker strahlendes Gold verwandelte und schließlich die gesamte Landschaft in grelles Licht tauchte.

An diesem Neumondmorgen kroch beißende Kälte durch die Ärmel der Pilgerjacken. Tiefschwarze Dunkelheit schien den Weg nach wenigen Metern zu verschlucken. Nur wer zurücksah, konnte den nahen Tagesanbruch erahnen. Vor, unter, neben und hinter sich hörten Hans und B. das „Klack-Klack" der Pilgerstöcke auf dem Wegschotter und das Getrappel der Pilgerschuhe. Niemand redete.

Der Weg nahm eine scharfe Wendung und stieg spürbar an, als das fahle Licht des ersten Morgengrauens wie aus dem Nichts vor ihnen einen Berghang wachsen ließ. An ihm schlängelte sich der Weg im Zickzack nach oben.

Schatten bewegten sich und verharrten, Körper wandten sich rückwärts. Zahlreiche Augenpaare richteten sich gen Osten, wo der glutrote Sonnenballon aufzusteigen begann.

Die Stille wurde unterbrochen von einer Männerstimme, gefolgt von der Stimme einer Frau. Ein Ton, ein Dreiklang, eine Melodie. Es war, als finge der ganze Berg an zu singen. Klar und deutlich erklangen die Worte, und wer den englischen Text nicht kannte, sang das Lied in seiner eigenen Sprache oder summte es mit: „Morning has broken like the first morning" – „Tageserwachen, ein neuer Morgen".

Das war Gänsehaut pur – verbunden mit dem beglückenden Gefühl von Gemeinschaft und Zusammengehörigkeit, wie B. und Hans es auf ihrem Pilgerweg angesichts eines Naturschauspieles in so einzigartiger Weise nur an diesem Berghang erlebten.

Puente Villarente – Oder: Eine Socke zu wenig

Zu den wichtigsten Vorbereitungen aufs Pilgern gehört das Zusammenstellen der Ausrüstung. Jeder Jakobsjünger setzt dabei eigene Schwerpunkte. Die Grundausstattung ist freilich ähnlich. In Pilgerbüchern steht, was wirklich gebraucht wird. Jedes Gramm zählt.

B. hatte sich für den Jakobsweg in Spanien zeitig eine Packliste angefertigt. Darauf standen unter der Überschrift „Unterwegs waschen" eine kleine Tube Handwaschmittel, zwei Meter Kordel als Wäscheleine und sechs Wäscheklammern.

In den moderneren spanischen Pilgerherbergen gab es zwar schon Waschmaschinen und Trockner. Doch man wusste ja nie, ob man bei Bedarf auf eine solche Herberge treffen würde.

Im Gegensatz zu seinem Pilgerbruder Hans führte B. nur eine kleine Reiseapotheke mit sich. Wichtiger waren ihm seine Pflegemittel, alle in Probiergrößen verpackt. Genau abgezählt hatte er die Wäschestücke, die zur Not eine Woche lang reichen sollten, darunter acht Unterhosen zum täglichen Wechseln. Vier Paar mit Jakobsmuschel-Motiv bestickte Wandersocken wollte B. jeweils zwei Tage lang anziehen.

Letzte Übernachtungs-Station vor León war Puente Villarente. Um zu der privaten Herberge mit Waschmaschine und Trockner zu gelangen, mussten Hans und B. vom ausgeschilderten Pilgerweg abweichen.

Ohne einen entsprechenden Hinweis von B.s einstigem Schulkameraden Thomas, der den beiden den Weg vorausgegangen war, hätten sie die versteckt gelegene Unterkunft gar nicht gefunden. Von außen wirkte das Gebäude wie ein alter Bauernhof.

Drinnen fanden die Pilger einen einladend gestalteten Vorraum mit einem Empfangstresen und zwei Internet-Arbeitsplätzen. Der Hof bestand aus einer gepflegten Grünanlage mit Brunnen und Liegestühlen. Und dort befand sich auch ein Schuppen mit der Waschküche.

Die Gastgeberin konnte sich noch an Thomas erinnern und nahm die beiden Pilger aus Deutschland herzlich auf. Für die Wäsche gab sie ihnen zwei netzartige Beutel, die sie nur zu füllen brauchten. Um das Waschen und Trocknen kümmerte sich die Wirtin. Gegen Entgelt, versteht sich.

Weil Hans und B. ihre Wäsche problemlos voneinander unterscheiden konnten, befüllten sie einen Beutel gemeinsam. Das war billiger. Andere Gäste brachten weitere Säcke. Dadurch konnte die Wäsche mehrerer Personen gleichzeitig versorgt werden. Noch am selben Abend bekamen die Pilger alles sauber, trocken und in kleine Körbe gestapelt zurück.

Beim Auseinander-Sortieren fiel B. auf, dass er nur sieben Socken zurückbekommen hatte. Eine Socke fehlte also. Ohne sie würde seine Berechnung für die folgenden Tage nicht aufgehen.

B. wandte sich an die Herbergsmutter. Er zeigte ihr die kompletten Socken-Paare und das Einzelstück und wies in den leeren Korb. Gemeinsam gingen sie in den Schuppen zu den Waschmaschinen und Trocknern. Keines der Geräte war mehr in Betrieb. Und alle waren leer. B. suchte dahinter und dazwischen, ohne Erfolg. Die fehlende Socke blieb verschwunden.

Am nächsten Morgen stand ein Frühstücks-Büfett bereit, was auf dem spanischen Jakobsweg durchaus nicht selbstverständlich war. Hans und B. bedienten sich. Als sie am Tisch saßen und den duftenden Kaffee und das frische Weißbrot genossen, näherte sich ihnen die Hausleiterin. Sie hielt vor B. ihre geöffnete Hand hin. Darin lag – die vermisste Socke. Ein kanadischer Pilger hatte sie in seinem Wäschekorb gefunden und zurückgegeben. An der aufgestickten Jakobsmuschel hatte die Wirtin B.s fehlende Socke erkannt.

B. war froh und dankte der Frau überschwänglich. Denn so blieb ihm erspart, bis zur nächsten „großen Wäsche" seine Socken immer drei Tage lang tragen zu müssen. Ganz zu schweigen von der Geruchsbelästigung für andere.

Bruno Busch

Buspilger – Oder: Es geht auch anders

Chronischer Sonnenbrand, Blasen an den Füßen, zehn bis 13 Kilo auf dem Buckel, sengende Hitze und Wolkenbrüche, die alles durchweichen: Das und mehr gehört zum Pilgern auf dem spanischen Jakobsweg dazu.

B. und sein Pilgerbruder Hans steuerten am Ende der zweiten Etappe ihrer Pilgerreise Astorga an. Sie freuten sich auf die private Herberge „Albergue San Javier", die sie aus dem Pilgerführer ausgesucht hatten: ein Haus aus dem 16. Jahrhundert, aber ausgestattet mit Internet, Waschmaschine und Trockner.

Auf den letzten Kilometern vor der Stadt wurden Hans und B. von einer Gruppe flotter junger Asiaten überholt. Leicht beschuht und kurz behost, nur ein dünnes Ränzlein auf dem Rücken, das höchstens den Tagesbedarf deckte, und mit einer Halbliter-Wasserflasche am Bauchgurt – so trippelte einer nach dem anderen an Hans und B. vorbei. Ein mitleidvolles Grinsen verbarg keiner der Überholenden. B. und Hans fragten sich: „Was waren das denn für seltsame Gestalten?"

In Astorga fiel Hans und B. als erstes der Palacio Episcopal – der Bischofspalast – auf, der nach Plänen von Antonio Gaudi entstand, aber nie seiner Bestimmung entsprechend genutzt wurde. 1913 fertiggestellt, beherbergte er seit 1963 ein Museum mit Ausstellungsstücken zur Geschichte des Jakobsweges. Nur wenige Schritte weiter ragte die Kathedrale Santa Maria in den Himmel. Und gleich ums Eck fanden Hans und B. ihre historische Unterkunft.

Der Empfangsraum war nobel gestaltet. An der Rezeption wurden die beiden Pilger höflich, aber kühl darauf hingewiesen, dass extra wegen ihnen ein weiteres Geschoss geöffnet wurde. Hans und B. störte das nicht. Sie hatten schon öfter allein übernachtet.

Die Dielen in dem großen Schlafsaal knarrten. Wenn Hans und B. durch die Zwischenräume der Bodenbretter lugten, sahen sie die Betten im Stockwerk unter ihnen. Die beiden genossen die sauberen Sanitäranlagen und begaben sich frisch geduscht und umgezogen ins Erdgeschoss. Am Empfang erhielten sie auf Anfrage einen Stadtplan.

Doch was prangte inzwischen an der Außentür der Herberge? Ein großes Schild mit der Aufschrift „Completo full". Wie war das möglich? Hans und B. hatten doch eben erst ein Stockwerk ganz für sich allein bezogen und das Geschoss über ihnen war noch gar nicht eröffnet. Warum sollte die Herberge plötzlich voll sein?

Der Mann am Empfang fuchtelte aufgeregt mit den Armen und rief nur ein Wort: „Buspilger!" Jetzt konnten Hans und B. sich erklären,

von wem sie an diesem Nachmittag so leicht-
füßig überholt worden waren. Es gab tatsächlich Pilger, die sich mit Bussen von einer Unterkunft zur nächsten kutschieren ließen, das
schwere Gepäck inbegriffen. Kurz vor der
Stadt, in der sie übernachten wollten, stiegen
sie aus und gingen die letzten ein, zwei Kilometer zu Fuß. Am Ziel brauchten sie nur ihr
Gepäck aus dem Bus zu holen, um dann sämt-
liche freien Plätze einer Unterkunft auf einmal
zu belegen. Solch eine Gruppe hatte sich nun
also in der historischen Herberge von Astorga
angekündigt.

Für B. waren Buspilger keine richtigen Pilger,
selbst wenn sie Pilgerpässe besaßen und diese
dort, wo sie abstiegen, fleißig abstempeln
ließen. Seine Einschätzung fand er bestätigt,
als spät am Abend – Hans und B. lagen längst
in ihren Betten – die Buspilger nach einer
feuchtfröhlichen Einkehr in der „Albergue San
Javier" anrückten. Sie schalteten das grelle
Deckenlicht ein und beredeten in dröhnender
Lautstärke die Ereignisse des Tages, ohne jede
Rücksicht auf ihre Zimmergenossen. Zu allem

Überfluss beschwerten sie sich am nächsten Morgen über die Ruhestörung, als B. und Hans aufstanden und sich nur im Licht ihrer Stirnlampen leise ankleideten.

Sein vernichtendes Urteil über Buspilger milderte B. erst, als er in den Straßen der Stadt Waltraud begegnete. Sie erkundigte sich bei ihm nach dem Weg zum Gaudi-Museum. „Du siehst aber gar nicht aus wie eine Pilgerin", meinte B. abschätzend. „Ich bin mit dem Bus unterwegs", gab Waltraud zu. „In meinem Alter und mit dem neuen Kniegelenk traue ich mich nicht mehr, so viele Kilometer am Tag zu Fuß zurückzulegen. Deshalb bin ich froh, dass das Bayerische Pilgerbüro solche Omnibusfahrten anbietet."

Das konnte B. akzeptieren. Und so verabschiedete er sich von der ersten Buspilgerin, die er persönlich kennen gelernt hatte, mit dem ehrlich und herzlich gemeinten Pilgergruß: „Buen Camio!"

Cruz de Ferro – Oder: Ein Stein von daheim

Lege deine Sorgen nieder", heißt ein Lied der christlichen Songschreiberin und Sängerin Sefora Nelson. Die Deutsch-Italienerin fordert darin ihre Hörerinnen und Hörer auf, ihre Sorgen einfach loszulassen: „Lass alles falln, nichts ist für deinen Gott zu groß."

Wie das praktisch funktionieren kann, erlebte B. anschaulich auf dem Monte Irago, dem höchsten Punkt des spanischen Jakobsweges zwischen Foncebadón und Ponferrada.

Dort war das „Cruz de Ferro", ein kleines Eisenkreuz, auf einen Baumstamm genagelt. Der schlanke Eichenpfahl mit dem Kreuz ragte aus einem Steinhaufen heraus, der von den

Bruno Busch

Pilgern ständig vergrößert wurde: Sie legten dort Steine ab, die sie von zuhause mitgebracht hatten. Laut Pilgerführer bedeutete dieses Ritual für viele Menschen das symbolische Ablegen einer Seelenlast.

Einige der Steine waren beschriftet. Manche Pilger hatten Briefe oder Fotos dazwischen gesteckt. B. lief ein Schauer über den Rücken, als er auf einem dieser Fotos ein Kind ohne Haare auf dem Kopf entdeckte, wahrscheinlich krebskrank.

B. hatte keinen Stein dabei. Sein Pilgerbruder Hans aber ließ direkt unter dem Kreuz seinen Rucksack zu Boden gleiten, öffnete ihn und zog von ganz unten einen kleinen Kieselstein hervor. „Wo hast du denn den her?", wollte B. wissen. „Den habe ich vor unserer Pilgerreise auf dem Weg zu meinem Büro aufgelesen und eingesteckt", berichtete Hans. „Ich habe ihn die ganze Zeit mitgeschleppt. Ich lege damit etwas ab, was mich einmal sehr belastet hat und das ich endgültig hinter mir lassen möchte."

75

B. war beeindruckt. Ein bisschen ärgerte es ihn auch, dass er selbst nicht auf die Idee gekommen war, von daheim einen Stein mitzunehmen, um ihn unter dem Cruz de Ferro zurückzulassen.

Aber im selben Augenblick wurde ihm bewusst: Er konnte seine Sorgen auch ohne dieses Ritual niederlegen.

Kurzentschlossen senkte er den Kopf, schloss die Augen, faltete die Hände und sprach ein stilles Gebet.

Wolfgang – Oder:
Wir hören uns ...

Am spanischen Jakobsweg war keine Pilgerherberge wie die andere. Jede hatte ihr eigenes Flair, ihren speziellen Charakter. Manche Unterkünfte boten hundert und mehr Pilgern Platz, einige waren winzig. Die einen besaßen modernste Ausstattung, die anderen wurden im Pilgerführer respektvoll „historisch" genannt und hätten tatsächlich aus dem Mittelalter stammen können. Viele wirkten wuchtig und massiv, manche schienen beinahe einzustürzen.

Ponferrada, geprägt durch eine Festungsanlage der Templarios, der Tempelritter, war mit 42.000 Einwohnern die letzte größere Stadt vor Santiago de Compostela. Das Refugio „San

Nicolás de Flüe" verfügte über 270 Betten. Es gab mehrere Schlafräume, aber alle waren durch Gänge und offenstehende Türen miteinander verbunden. Entsprechend hoch war der Geräuschpegel schon bei der Ankunft.

B. und sein Pilgerbruder Hans lernten in Ponferrada den schwäbischen Pilger Wolfgang kennen. Er war etwa in ihrem Alter, allein unterwegs und freute sich über die Gesellschaft der beiden Mitpilger aus Deutschland. Die drei unternahmen einen kleinen Stadtrundgang und kehrten miteinander zum abendlichen Pilgermenü ein. Danach verabschiedeten sie sich voneinander, vereinbarten aber, am nächsten Tag gemeinsam aufzubrechen. Hans und B. umrundeten und erkundeten noch auf eigene Faust die von grellen Scheinwerfern angestrahlte Templerburg.

Am anderen Morgen beklagte sich Wolfgang über die nächtliche Unruhe in der Herberge. „Ich habe fast kein Auge zugetan", berichtete er B. und Hans beim Abmarsch. Und seufzend fügte er hinzu: „Jetzt weiß ich, warum manche

Herbergen extra ausgewiesene Schnarcher-Zimmer anbieten."

B., Hans und Wolfgang pilgerten den ganzen Tag gemeinsam. An den historischen Natursteinwänden der nächsten Herberge erzeugten in der Nacht die Schlafgeräusche einen doppelt lauten Widerhall. Und da das Gemäuer obendrein berittene Pilger beherbergte, mischte sich in das donnernde Schnarchen der Menschen das Grunzen, Schnauben und Wiehern der im Freien angebundenen Pferde.

Der dritte gemeinsame Pilgertag war zugleich der letzte, weil Wolfgang am folgenden Morgen einen Abstecher vom ausgeschilderten Weg plante. Nach dem Abendessen wollten Hans und B. wie immer noch den Ort durchstreifen. Wolfgang hatte genug vom Laufen, zog seinen Pilgerhut und machte sich in Richtung Herberge davon. Nach ein paar Schritten wandte er sich nach Hans und B. um. Breit grinsend und augenzwinkernd rief er den beiden zu: „Wir hören uns ..."

Bruno Busch

Camino Duro – Oder:
Wer die Wahl hat

D a hinauf?!" B. hatte zwar gehört, dass es auf dem spanischen Jakobsweg einen „Camino Duro" gab, einen harten Weg. Als er mit seinem Pilgerbruder Hans aber die Altstadt von Villafranca del Bierzo und das steinerne Denkmal am Rio Burbia hinter sich hatte und vor der Wahl zwischen der ebenen Strecke entlang der Nationalstraße und dem „Camino Duro" stand, rutschte ihm doch sprichwörtlich das Herz in die Pilgerhose.

„Das schaffen wir!" Für B.s Pilgerbruder Hans war die Entscheidung keine Frage. Und von seinem alten Schulkameraden Thomas, der den beiden den Weg vorausgegangen war, wusste B.: „Der Camino Duro hat es in sich.

Eine Socke zu wenig

Er ist aber ausgesprochen schön." Also nahmen B. und Hans den harten Weg in Angriff.

Es war ein strahlender Morgen wie aus dem Bilderbuch. Das Gras am Wegrand leuchtete in sattem Grün, Frühlingsblumen blühten in allen Farben und verbreiteten einen herrlichen Wohlgeruch. So heftig Hans und B. schwitzten, so dankbar genossen sie das helle Licht der Sonne, das den bergauf führenden Feldweg beschien. Über dem schattigen Flussbett des Valcare lastete derweil undurchdringlicher Frühnebel.

B. konnte es kaum glauben, als der 460 Höhenmeter steile Aufstieg nach nicht einmal zwei Stunden bewältigt war. Inzwischen hatte sich der Nebel unter ihnen gelichtet und wie aus einem Flugzeug schauten Hans und B. auf die Nationalstraße hinab. In einer gewaltigen Kurve passte sie sich dem Verlauf des Flusses an. Doch der grandiose Ausblick war nicht nur auf das Tal begrenzt, sondern erfasste auch weit darüber hinaus bewaldete Höhen, sanft hügelige Weinberge und eine weite fruchtbare

Ebene. Fast taten B. die Mitpilgernden leid, die sich als kleine Punkte auf dem Gehweg neben der Straße bewegten und denen alle diese landschaftlichen Schönheiten verborgen blieben.

Eine weitere Belohnung für die Strapazen des Aufstiegs waren zwei Pilger zu Pferd. Hans und B. wussten zwar, dass man nicht nur zu Fuß, sondern auch im Fahrradsattel, auf dem Pferderücken und seit einiger Zeit sogar im Rollstuhl pilgern durfte. Gemeinsam mit reitenden Pilgern unterwegs waren sie aber zum ersten Mal auf dem „Camino Duro".

Merke: Der Weg nach oben kann steil sein und er ist manchmal auch hart und steinig. Doch er lohnt sich!

Bruno Busch

Schritt halten – Oder: Der Gärtner von La Faba

Es ist eine Lebensweisheit: Gleich und gleich gesellt sich gern. Das gilt auch für das Pilgern. Dabei kommt es in besonderer Weise auf die Geh-Geschwindigkeit an. Denn jeder Mensch hat sein eigenes Tempo oder entwickelt es auf dem Weg. Und wer gemeinsam mit andern unterwegs sein will, braucht Mitpilgernde, die mit ihm Schritt halten können.

Letztes Tagesziel der Pilgerbrüder B. und Hans in der autonomen Region Castilla y León war die Pilgerherberge La Faba. Sowohl das Klima als auch die Landschaft kamen ihnen auf Anhieb wie zu Hause vor. Neben der Unterkunft fiel ihnen ein feuerroter Renault mit Stuttgarter Kennzeichen auf. Richtig: Im Pilgerführer stand, dass diese Herberge von Schwaben geführt wurde.

Während Hans nach den Anstrengungen des Tages das Angebot zu einer preisgünstigen Massage in der Herberge annahm, erkundete B. nebenan die Kapelle „San Andrés de la Faba". Beim Verlassen des Gotteshauses trat ihm ein junger Mann in Arbeitshandschuhen und Gärtnerschürze entgegen. Neugierig fragte B.: „Gehören Sie auch zum Herbergs-Team?" Der junge Mann schüttelte den Kopf: „Ich bin Gärtner von Beruf und verdiene mir durch die Gartenarbeit hier ein paar Tage Kost und Logis. Aber ich bin Pilger wie Sie und mit meiner Freundin auf dem Weg nach Santiago de Compostela." „Und was macht Ihre Freundin in der Zwischenzeit?" „Na ja, sie hat ein anderes Lauftempo als ich. Ich bin ihr ein paar Tage voraus. Wir sind telefonisch in Verbindung und ich erwarte sie heute in La Faba."

Tatsächlich traf die Freundin des Gärtners noch am selben Abend in der Herberge ein.

Als Schwäbin hatte sie die Übernachtung sogar gratis, weil sie ein Gedicht in Mundart aufsagen konnte. Im Gegenzug half sie beim Zubereiten des Abendessens. Und danach luden sie und ihr Gärtnerfreund die Herbergsleute und alle anwesenden Pilger zu einem ausgelassen-fröhlichen Wiedersehensfest mit munterer Unterhaltung und viel Gitarrenmusik ein.

Keine Regel ohne Ausnahme also: Selbst ein – tempomäßig – ungleiches Pärchen kann auf dem Jakobsweg ein Happy End erleben.

Casa Barbadelo – Oder: Auf den Hund gekommen

Auf ihren Jakobswegen in Deutschland waren B. und sein Pilgerbruder Hans häufig angebellt worden. In den meisten Fällen blieben die Verursacher des Gebells hinter einem Zaun oder an einer Kette auf Abstand.

Einmal jedoch führte der markierte Weg mitten durch ein landwirtschaftliches Anwesen. Kaum hatte der Hofhund Hans und B. gewittert, raste er unter ohrenbetäubendem Gekläff auf die beiden zu. Kein Zaun, keine Leine – nichts hielt das Tier auf.

Die zwei Pilger taten das Einzige, was ihnen einfiel: Sie blieben stocksteif stehen und hielten ihre Wanderstöcke schützend vor sich.

Letzteres war verkehrt. Der Hund bäumte sich zähnefletschend auf, sichtlich bereit, die beiden jeden Moment anzufallen. Gerade noch rechtzeitig brachten der Bauer und sein Sohn den Vierbeiner durch Zurufe zur Räson.

Bis dahin hatten die Hofherren das Geschehen aus einiger Entfernung beobachtet und sich dabei emsig beschäftigt gegeben. Im Näherkommen erklärten sie, dass der Hund vor längerer Zeit mit Wanderstöcken traktiert worden war und seither ausflippte, sobald Menschen mit Stöcken sein Territorium betraten.

Auch auf Jakobswegen in der Schweiz hatte B. unliebsame Begegnungen mit Hunden. Sie kamen ihm sogar noch einen Tick aggressiver vor als in Deutschland. Bis auf jenen Berner Sennenhund, der sich, als er B. kommen sah, sofort auf den Rücken rollte und freudig mit dem Schwanz wedelnd um Streicheleinheiten bettelte.

In Spanien waren Hunde ein fester Bestandteil des Pilgerweges. Meist lagen sie faul in der

Sonne und schliefen. Oder sie stellten sich schlafend. Denn hin und wieder öffnete sich ein einzelnes wachsames Auge, um gleich wieder zuzufallen.

Es kam auch vor, dass ein Hund eine Zeitlang neben einem Pilger her trottete, nur um sich nach einer Weile, wenn er genug vom Pilgern hatte, wieder zu trollen.

Schließlich gab es Menschen, die mit ihren eigenen Hunden auf dem „Camino" unterwegs waren. So hatten sie Gesellschaft. Und für einige Pilger bedeutete die Begleitung zusätzlich ein Stück Sicherheit.

Nagelneu und mit allem Komfort ausgestattet, präsentierte sich B. und Hans in Galicien zwischen Sarria und Gonzar die Herberge „Casa Barbadelo". Die Pilgerbrüder übernachteten in einem kleinen Apartment mit modernem Bad und viel Schnickschnack. Wegen der lauen Temperaturen ließen sie die Tür offenstehen. Hunde waren in den Apartments ausdrücklich verboten.

Mitten in der Nacht wachte B. von lauten Schlafgeräuschen auf, die eindeutig nicht von seinem Pilgerbruder stammten. B. schlich zur Tür und lugte um die Ecke. Auf der Schwelle zum Apartment nebenan schlummerte, vom Mond beschienen, ein Schäferhund.

Als Hans und B. früh am anderen Morgen ihre Unterkunft verließen, war der Hund von der Türschwelle verschwunden. Sie entdeckten ihn und den Pilger aus dem Nachbar-Apartment im Freien auf einer Decke liegen. Weil der Hund nicht zu seinem Herrn hineindurfte, hatte der Mann sich zu dem Tier nach draußen begeben. Dort wieder vereint, schnarchten Herr und Hund einträchtig um die Wette.

Santiago de Compostela – Oder: Die Umarmung

Santiago de Compostela ist das Ziel jeder Pilgerreise auf dem Jakobsweg. Die Stadt im Nordwesten Spaniens gilt nach Rom und Jerusalem als dritter großer Wallfahrtsort der Christenheit. Denn in der Krypta der Kathedrale von Santiago de Compostela sollen die Gebeine des Pilgerpatrons ruhen, des Apostels Jakobus des Älteren.

B. und sein Pilgerbruder Hans trafen pünktlich zur Pilgermesse in der Kathedrale ein. Viele Menschen standen in den Seitengängen. Freie Sitzplätze gab es nur noch in den hinteren Reihen. Es war am Dienstag nach Ostern, der auch in Spanien kein Feiertag war. Aber hoch droben schwebte noch das große versilberte

Weihrauchfass, das nur zu besonderen Anlässen durch das Querschiff geschwenkt wurde.

Die Pilgerreise endete erst, wenn die lebensgroße, sitzende Jakobusfigur, die den prächtigen Hochaltar überragte, umarmt war. Zu dem Heiligen hinauf führte von hinten eine Holztreppe, vor der sich schon eine lange Schlange Wartender gebildet hatte.

B. ließ Hans den Vortritt. Irgendwie fühlte er sich an den Schönen Brunnen auf dem Hauptmarkt im 2750 Kilometer entfernten Nürnberg erinnert. Denn auch da hieß es: sich anstellen, hinaufklettern und innehalten.

Doch während in Nürnberg Touristen und Einheimische an einem Ring drehten und sich dabei etwas wünschten, umarmten in Santiago de Compostela die Pilgerinnen und Pilger den mit Gold, Silber und Edelsteinen geschmückten Jakobus und flüsterten ihm etwas ins Ohr.

Eigens dafür gab es eine Dankformel. Sie lautete auf Deutsch: „Danke, lieber Freund und

Eine Socke zu wenig

Bruder Jakobus, dass du mir geholfen hast, hier anzukommen. Danke für deine Person, für deine Begleitung, für dein Zeugnis, für dein Vermächtnis."

Als B. an der Reihe war, wagte er es, dem geflüsterten Dank einen Wunsch anzufügen. Worin dieser Wunsch bestand, wird hier nicht verraten, denn wer in Nürnberg am Wunschring drehte, bekam seinen Wunsch ja auch nur erfüllt, wenn er ihn nicht weitersagte.

Der nächste Weg führte Hans und B. auf der anderen Seite der Treppe hinunter und weiter in die Krypta, wo sie den silbrig glitzernden, für menschliche Gebeine auffallend kleinen Sarkophag des Heiligen durch ein Sperrgitter bewunderten.

Nach Vorlage der Pilgerpässe stellte das Pilgerbüro jedem der beiden eine Urkunde aus, die ihnen den 775 Kilometer langen Marsch auf dem Camino Francés von Saint-Jean-Pied-de-Port bis Santiago de Compostela bescheinigte. Beglaubigt war das Pergament mit dem Siegel und der Unterschrift des Dekans der Kathedrale.

Innerlich bewegt und auch stolz auf das Erreichte begaben Hans und B. sich in den Pilgerstrom durch die Straßen der Stadt. Ihre Schlafplätze fanden sie in der „Hospederia Seminario Mayor", einem ehemaligen Kloster direkt hinter der Kathedrale. Auf der Suche nach Mitbringseln für die Lieben daheim durchstreifte jeder für sich die Andenkenläden.

Wieder vereint, zog Hans ein Säckchen hervor und überreichte es mit feierlicher Geste an seinen Mitpilger. In dem Beutel fand B. ein silbernes Santiago-Kreuz. Mit feuchten Augen heftete er den Anstecker an seine Wanderjacke. Und dann tat B. mit seinem Pilgerbruder, was er zuvor mit der Statue des heiligen Jakobus getan hatte: Er dankte ihm mit einer herzlichen Umarmung.

Bruno Busch

Ein Esel
auf dem Pilgerweg – Oder:
Gar nicht dumm

D u Esel!" Was viele Menschen als Schimpf-
wort benutzen, ist eigentlich ein Komp-
liment. Denn Esel sind weder dumm noch
störrisch. In Wirklichkeit handelt es sich um
Lebewesen, die erst überlegen und abwägen,
bevor sie etwas tun. Esel finden immer den
richtigen Weg. Sie strahlen große Ruhe aus.
Davon abgesehen, sind Esel in vielen Gegen-
den unserer Erde als Lasttiere unersetzlich.

„Ihrem" Esel begegneten B. und sein Pilgerbruder Hans zwischen Santiago de Compostela und Finisterre gleich doppelt. Das erste
Mal graste er am Wegrand und bewachte da-

bei das Zelt eines Pilgers, der friedlich darin schlief. Hans und B. wunderten sich, dass der Esel nicht angebunden war, zum Beispiel an einen der Bäume, die dort an den Weg grenzten. Nein, der Esel konnte sich frei bewegen, ließ aber das Zelt und die daneben liegenden Habseligkeiten seines Herrn nicht aus den Augen.

Auf der kleinen Küstenstraße vom Ortszentrum von Finisterre hinauf zum Leuchtturm war es eindeutig derselbe Esel, den B. und Hans in einer Wegbiegung überholten. Denn er trug das Zelt und die Habseligkeiten, die Hans und B. schon kannten. Doch von dem Eigentümer war nichts zu sehen. Ob der Pilger, dem das Tier gehörte, unterwegs aufgehalten worden war oder schon am Leuchtturm wartete? Hans und B. erfuhren es nicht. Der Esel trottete allein, aber zielstrebig auf dem Pilgerweg in Richtung Meer weiter.

B.s Hochachtung vor dem grauen Geschöpf wuchs. Und er beschloss, zu einem dumm, uneinsichtig oder störrisch auftretenden Menschen niemals mehr „Du Esel!" zu sagen.

Bruno Busch

Finisterre – Oder:
Am Ende der Welt

Der Regen prasselte gegen die Windschutz-scheibe. Obwohl der Wischer auf die höchste Geschwindigkeit eingestellt war, blieb die Sicht nur für Sekundenbruchteile frei.

B. und sein Pilgerbruder Hans saßen direkt hinter dem Fahrer und waren froh, sich auf der letzten Etappe ihres Pilgerweges entlang der Küstenlinie von Cée nach Finisterre für den Omnibus entschieden zu haben.

Aus dem Seitenfenster entdeckten sie kurz vor dem Ziel ein galicisches Doppelkreuz. Da-ran kamen sie eine halbe Stunde später auf dem Weg zur Herberge wieder vorbei. B.s Schulkamerad Thomas hatte ihnen die „Dona

Lubina" empfohlen, die zwar etwas außerhalb des Ortes lag, dafür aber in Sichtweite zu einem Strandabschnitt, mit dem es eine vielversprechende Bewandtnis haben sollte.

Der Strand war menschenleer. Zwei kleine Holzboote lagen fest vertäut in einem Winkel so weit wie möglich vom Wasser entfernt. Hans und B. schlenderten eine halbe Stunde ziellos umher, bückten sich nach angeschwemmtem Strandgut, fanden aber nichts, das es wert gewesen wäre, aufgehoben und mitgenommen zu werden.

In dieser Nacht rüttelten Wind und Wetter so heftig an der Herberge, dass es B. und Hans in ihrem Pilgerzimmer mulmig zumute wurde. Durchs Fenster beobachteten sie, wie der Sturm die Gischt aufschäumte und das Meer mit tobender Wucht den Strand überspülte.

Doch als der erste Strahl der Sonne den Tag ankündigte, lag die See spiegelglatt da. Die Wolken verzogen sich zum Landesinneren hin und hinterließen einen azurblauen Himmel.

Hans und B. waren die ersten, die an diesem Morgen den Strand unterhalb ihrer Herberge betraten. Inzwischen war er übersät mit Muschelschalen, die das Meer in der Nacht dort ausgespuckt hatte. B. und Hans fanden eine Jakobsmuschel nach der anderen – kleine und große, Schalen und Deckel – und fühlten sich verbunden mit den Pilgern vieler Jahrhunderte, die ihren Pilgergang am Cabo Finisterre beendeten, um von dort eine echte Jakobsmuschel mitzunehmen.

Mit ihren Funden machten die beiden sich auf den Weg zum Leuchtturm an der südlichen Spitze der Halbinsel. Ein Meilenstein mit dem Muschelzeichen und der Gravur „0,00 K.M." in einer Metallplatte markierte das Ende der Alten Welt. Auf den Klippen unterhalb des Leuchtturms beobachteten B., Hans und viele andere mit ihnen das muntere Treiben der Spatzen. Endlich versank die Sonne am Horizont und verwandelte das Meer für einige Augenblicke in glitzerndes Gold. Glanzvoller Abschluss einer an Begegnungen und Erfahrungen reichen Pilgerreise.

Eine Socke zu wenig

Bruno Busch

Unbeschreiblich – Oder: Was bleibt

Jedes Mal nach der Rückkehr von einer seiner drei Etappen auf dem spanischen Jakobsweg wurde B. gefragt: „Wie war es? Was hat der Weg dir gebracht? Was hat er mit dir gemacht? Hat er dich verändert?" Und: „Wirst du wieder pilgern oder war's das jetzt?"

B. antwortete in aller Regel: „Ja, der Weg hat etwas mit mir gemacht. An manchen Tagen hat er mich bis an die Grenzen meiner körperlichen Belastbarkeit gebracht. Er hat mich gelehrt, mit wie wenig ich auskommen kann und was ich wirklich brauche. Nach dem, was ich auf diesem Weg erlebt habe – abseits von allem bisher Gekannten – bin ich nicht mehr derselbe, der ich war, bevor ich ihn ging.

Und so Gott will und ich lebe, werde ich wieder losgehen. Einmal Santiago-Pilger – immer Santiago-Pilger!"

Es muss nicht der „Camino Francés" sein, der Weg, der von Saint-Jean-Pied-de-Port nach Santiago de Compostela führt. Es gibt Jakobswege überall in Europa: in Deutschland, in der Schweiz, in Frankreich. Auch innerhalb Spaniens oder Portugals wird auf verschiedenen Routen gepilgert. Von Skandinavien her kommen Jakobswege genauso wie aus Russland und vom Baltikum.

Der „Camino" kann vor jeder Haustür beginnen. Er lebt von historischen Stätten, wechselnden Landschaften, eindrücklichen Naturschauspielen, spirituellen Erfahrungen und Begegnungen mit Menschen über alle Sprachbarrieren hinweg.

„Auf dem Jakobsweg bin ich mir selbst begegnet und Gott", versuchte B. einmal, das Unbeschreibliche auszudrücken. „Aber warum ausgerechnet beim Pilgern?", lautete die Frage seines Gegenübers. B. musste nicht lange überlegen: „Weil das für mich eine absolute Ausnahmesituation darstellte. Nirgendwo sonst konnte ich so gut abschalten und meine menschlichen Beziehungen, meinen privaten Alltag, meine berufliche Tätigkeit und meinen ehrenamtlichen Einsatz in Kirche und Gesellschaft derart auf Abstand halten."

B. dürfte also Jakobspilger bleiben, solange seine Gesundheit und die Umstände es erlauben. Wenn es so sein soll, wünschen wir ihm: „Buen Camino!" – Guten Weg!

Und wer mehr erfahren will, muss sich selbst in Bewegung setzen ...

Eine Socke zu wenig

„Es gibt auf dieser Welt nur einen Weg,
den außer Dir kein anderer gehen kann.
Wohin er führt?
Frag nicht!
Geh ihn!"

Helga, 29.5.2011

*Inschrift an einer Wand
in der Herberge „Casa de Austria",
Los Arcos*

Der Autor

Jahrgang 1954. In Hessen geboren und aufgewachsen. Journalistische Ausbildung in den Ressorts Lokales, Wirtschaft und Sport einer mittelhessischen Tageszeitung sowie am Deutschen Institut für publizistische Bildungsarbeit. Redakteur an Tageszeitungen in Hessen, Rheinland-Pfalz und Baden-Württemberg. Zehn Jahre leitender Redakteur einer kirchlichen Zeitschrift in Stuttgart. 15 Jahre Referent für Öffentlichkeitsarbeit eines diakonischen Unternehmens in Nürnberg. Verheiratet und Vater von vier Kindern. Mitglied im Autorenverband Franken und in der Autorengruppe Wortkünstler Mittelfranken.

Was hat Ihnen an diesem Buch gefallen?
Gibt es etwas, das Sie dem Autor
mitteilen möchten?

Schreiben Sie eine E-Mail an:
Bruno.Busch@gmx.eu

Ebenfalls von Bruno Busch erschienen:
Das angeknabberte Jesuskind –
Weihnachtsgeschichten von B.
(2019)

Ein Junge, der vor der Bescherung in Ohnmacht fällt, ein Vorstandsvorsitzender, der nicht mit aufs Foto will, ein Jesuskind, das den Kopf verliert, oder ein Vater, der nicht mit seiner Familie feiert – der kleine und der große B. hat in der Advents- und Weihnachtszeit schon viel erlebt. Davon erzählen die 24 Geschichten & Geschichtchen zum Vor- und Selberlesen, garniert mit einem Back- und einem Kochrezept. Für jedes Lesealter von 9 bis 99.

Taschenbuch ISBN 978-3-00-063552-6 7,00 €
E-Book   Kindle & tolino   3,99 €

Ebenfalls von Bruno Busch erschienen:
**Dicke Birnen –
Geschichten von B.**
(2018)

26 mehr oder weniger autobiografische Geschichten & Geschichtchen zum Lesen, Staunen oder Schmunzeln, Wachwerden-Lassen eigener Erinnerungen, Weiter-Erzählen ...
Für jedes Lesealter von 9 bis 99.

Taschenbuch ISBN 978-3-00-061107-0 5,00 €
E-Book   Kindle & tolino   2,99 €

**Mehr von Bruno Busch auf:
www.bruno-busch.eu**

**... und auf Facebook: www.facebook.com/
geschichten.und.geschichtchen**

Printed in Poland
by Amazon Fulfillment
Poland Sp. z o.o., Wrocław